# 雾中
# 所见

王 冬 —— 著

第 37 届青春诗会诗丛

《诗刊》社 编

长江出版传媒
长江文艺出版社

**王 冬**

1995年生，贵州安顺人，写诗，兼事翻译与批评。文艺学研究生在读，曾入选2018《中国诗歌》"新发现"诗歌营。作品散见于《十月》《作品》《诗歌月刊》等刊物。

# 目 录

## 辑二　相赠

## 辑三　漂流

辑一

探索

# 归 宿

赤色的月亮俯身，我没有停下招呼
周遭是沉思的露珠，我爱着我贫穷的土地
在僻远的林子里，苍老的松树将影子
压得很低

风和星淡得不成样子，每一片都疼痛
我有幸活了这么久
才发现，所有的遭遇
都那么合理，我还在走着
找寻一根拐杖，彼此依附

# 隔着时间看自己

独处的时候，一个灵动、沉静的生命
与我遥遥相望，像飘落的尘埃
那稍纵即逝的感觉
无声无息地自由陨落

在被触痛的柔软细致里，在飘摇的风雨中
很多人目睹自己被磨圆

我隔着时间回看自身
想恢复她原有的锋利

# 试着离开

我要试着离开，失去
比得到更踏实
我们有幸遇到，并竭力盛开
在潮湿的记忆里穿行
我翻阅我们的过往

将它折叠收拢
别徘徊了，等得太久
阶缝都绿出了忧伤

我的心不再是你的城池
阳台之外，我只看到苍凉
和最后的虚无

# 看到另一个自己

雨落下来了
一些旧时光纷纷喊疼
在心里我建造了许多房子
来储存那些生命的柔光

知道错了，却要坚持错下去
衔一颗隐忍之心木然行走
直到光阴流尽

冰火艳蓝，尽情绽放
我看到另一个自己

# 归　家

连接门缝的，是锈了的锁
院子前的竹条弯腰，压倒了电线
窗的玻璃碎了，被石板堵着

植物挡住了我的去路，阶梯上，
青苔极厚
墙上沙土拱起，流出一道道瀑布，
屋顶之上，没有炊烟

村庄需要炊烟，它是光
是温度
是夜话的开始，是离散的结束

# 秘　密

每下一层楼梯，出现一个白色条纹
就会有一个人消失

这里有很多楼梯，我是消失的人
也是存在的人

很多人消失后，我发现了这个秘密

# 花开到墙上去了

好像是去年暑假，图文都是那时的
婷和我一道回家，小屋有了人的气味
渐渐亲切，我们穿过一坡的玉米地
去寻找紫色的野花，以及刺梨花瓣上的小壳虫
那时想到很多后来却忘了，所以我需要纸笔
某个时刻，老爹的拐杖靠在门边
我凝视后墙很久，当时说：
"父母的爱就像这砖头，不坚固却凝聚，也能挡风雨"
其实是不能的，所以连夜雨的时节
我只是在半夜把床移到别处
一切都是定数
那时猫还活着，竹子没有长很高
我收玉米的时候，它总是来舔我的脚
大黑狗已经很瘦了，它看着几只鸡来回奔跑
花开到墙上去了，竹栏已经挡不住

# 湖中有落叶

我不知它何时到达这里，停留了多久
还会停多久
就像它不知这是不是它最后的归宿

不管风如何吹，都吹不出这一片湖
岸太高了，有时遇上雨
它不断地沉浮

在这样一个阳光耀眼的午后
大风带来了它的同伴
它们将永远地在这水上，开始新的漂流
完全听从于风，没有反抗

我就要离去，风依然吹着，水波相互击打
泡沫发黄发黑，整个湖不安分起来
一棵棵树跪在落叶的苦难面前

一切存在者
不过是一瞬间的影
因此我没有悲伤

## 重返故园

秋虫的声音消失了
拥有自行车的男孩
那是母亲的小儿子

她一生有且仅有一个儿子留下来
另一个在我之前，我们没有见过
他们甚至没能交谈

落在树上的鸟不停地转头
人间没有声响
鸟和人间有一墙之隔

光线幽暗，我不曾参破
有些小事怀恨于心
天空飞禽扑过，都是鸣叫声
只有将去的流水，惊动了我

黑夜深处，水声洪亮
二十年前的人们，我快不记得了
只想起太阳落了下去
仿佛梦中的人都爱我

我的眼泪和花朵

覆盖在我的可爱的土地上

他们见过镰刀，他们相遇


冬天的太阳光，寒寒地亮在昏远处

而当我重新回到这里

开始怀恋这疲惫生命的故园


在太阳的柔光里

这人间的苦难

好像都不值一提

# 疼痛记

太阳不可直视，不可低估
它像无数只蜜蜂
悄悄站在我的左肩，亲吻我
那时我感觉不到疼痛
不知它吻得如此热烈

我在南方，在你不知道的水上
淋了很多暴烈的水——它曾经是雨水
你只知道它从天上落下来，温柔

从四楼回到水上乐园，近似自由落体
而地心引力对我吸引甚微

在浪花袭来时，我被吸入其中
在众人的喧哗里，喝了好几口浑浊之水
我踩不到底，渐渐感到压迫
那是源于自然的压迫

# 那片海

它激荡着，扑打枯黑的礁石
透着蓝光，船上的客人陷入慌乱

我闭上眼，感觉自己浮了起来
飘向那自闭的小湖泊

那片海，它并不存在
我知道的时候已经有了花园

# 骑行记

那时我们骑着单车，在桥下
穿行于人群中
头顶是弧形的夜空

那里有不曾消逝的安宁
我们多么充沛
把众人甩在身后

骑三轮车的小贩在卖黑葡萄和山竹
奇异的味道一阵一阵地

而树木依然站立，帮我们挡住一些灰尘

# 我们去看那些被雨淋湿的草木

是夜，穿过黄色的大门
我们去看那些被雨淋湿的草木

归来，她告诉我
她的那个朋友，有了更好的去路
不再整日整日地，叫疼

我避开路灯，很久
仿佛好多年了，我已经不再提疼

你看不出的，她也是
我自诩演技一流

依然能蹦着，跳着
并试图通过笑声，打开楼梯下的声控灯

事实是，我成功了
然后，开门，拧干衣袖

# 站在败者的那一边

雨水落下来，不曾损坏你
这些年，你都没变
一样去接受，投入，没有怀疑
接着受伤，你牢记细节

在每次接受中，你都能听到某种鸣叫
你们彼此快乐，那也不失为一种理想

你退回最初的那一条路，像蚯蚓一样柔软
被人类看到，被斩断身体
在原地走动
此前你以为自己没有敌人

任何反抗都是回忆的一次歇息
你试图用鸣叫来医治你的病
却也只活了二十三岁

站在败者的那一边
你吸光了所有的氧气
在被享用之前

# 湖　底

那被踩碎的三叶草的淤青，与风油精的热烈
在黑池坝的尽头缓缓消散
我是远方来的陌生人
手上密布的水泡也无法给它安慰

阴影里，我们离得好近
赤脚在光线缝隙处，没有悲伤
只是些许疲惫
我举手高过头顶，对岸的树就像鲜花
将我与天空连接
我感觉自己就是剪刀，柳条在我身后纷纷坠落

在湖心亭的白塔下，赤裸着松垮的肉体
白得刺眼，我们逃到绿荫底下去
金色的小鱼洞察一切，我们在湖底游走

# 在黑池坝

这儿有粼粼的湖面
水不知从哪里来，又将流向何处
看起来在漆黑与青蓝之间，
混杂着人类的味道

微微晃动着，暗示着一种逾越
新修的建筑无法辨认，无从命名
烈日驱赶下，我们匆匆而过

在这里，年年都有游水的壮年被吸走
这里，紫薇树下的小女孩
对谁来说是一个幻象？就如未来的
一次预言，随风飘走的柳絮和树叶，也是

# 乌　鸦

风中枝头的乌鸦盘旋于我的屋顶
越靠近风，越是月光的微颤和晃动的丝丝温暖

在观念里，带来厄运的乌鸦也被诅咒
乌黑、邪恶，不请自来
我们从前坚信也如此迷信这预言

却任凭它完全压在脚下，堵住这道路
在月色的微光里，沉沉睡去

它把风吸入口中，扑腾翅膀，呀呀呀地
在满是同类的空气中，在我的屋顶之上

以空气作为汁液，在我屋顶的石板上
那是长满青苔、满是抓痕的石板

# 夜 语

夜里我们并排走着，在喧哗的街道
没有牵手
公交车已经停了，我们一直走
风轻轻扬起落叶

他想寻找一片湖
很长时间过去了，还没有看到一点迹象
我们有些沮丧，默契地没说一句话
只有路旁的树悄悄经过，
它身上长满了寄生的叶子
路灯下竟在闪闪反光，目送着我们回来

我在水下冲洗身子，没一会又继续发烫
很烫，空调降到十六度
为我竖起一块文明的奠基石

灯光熄灭，我们侧躺着，看对方
一种探寻与悲伤
在黑暗空气里蔓延开来，像被子一样覆盖着
而我们的间隙处，有一阵风还在不知疲倦地吹

# 古旧书厅

渗着脂粉气味女人到来，空气变得安静
最害怕此刻，未经历过苦难的人歌颂着自己的快乐

抱歉，我无法触碰那遥远的早晨
我们必须足够勇敢，厚重毛衣也不能覆盖

似柔荑的手指落在旧书页上，只是一次熟练的摆拍
这一次我坐到最高的蓝椅子上，像是要握住前方
前方有相机和小剧场

# 在大理

暮色从四周围过来
他在墙角唱歌，卖手工挂饰
像个当地人一样
有种温暖的流浪感，就像
唱完这首就可以回家

他说起对欲往之地的期待
即使疲惫一点点袭来
他赞美那未知的一切神秘
也对身下的土地有过深沉的留恋
在大理，我遇到一个头顶落满灰尘的人

# 然而我感到哀伤

在一个无比寻常的早晨
我重新站在明晃晃的
镜子面前，站在自己面前

然而我感到哀伤
仿佛自己，还被卡在
一个狭而暗的角落
挣扎着，反抗着
然后一点点耗尽热望

# 此 夜

现在是晚上八点四十五分
我坐在草地上
一个人，盘腿坐着
感到冷了，手指像冰块

此刻，房子里应该有人
可我还不想回去
同样寂静，这里更安宁
夜里不该有光
此夜，应是黑夜

# 我在夜里醒来

冬夜，我醒来，发现自己
躺在教室的讲台，睡着了
醒来就更冷了，我翻了出去
那条大黑狗它不认得我了
它朝我叫，我也大声吼去，
试图震慑它，我的毛鞋
破得不成样子，沾满泥土
鞋带露出白棉，夜里有灯
这是我第一次看到路灯
我继续走，是在夜里
穿过树林山丘，借着墓前烛光
还能看清，不知道走了多久
我找不到那把伞了，还得去找
听到好多鸟叫，不像一般的鸟
它很悲哀地叫着，永不停歇
我在她床前跪着，不准睡着
那些有刺的植物都记得我
只有我们曾紧紧相拥

# 在黑暗中

自习归来，穿过小树林的时候
黑暗没有遮挡我，我好像能夜视
一对对小情侣在石椅上缠绵
剪了头发以后我把裙子收好了
即使我有美丽的锁骨、柔软的胸口
运动装让我走得轻快，在黑暗中
我尝试着闭上眼走好几步，以前
有人牵我都不敢，那时我以为
前路都是黑色的深渊，每一步
踏下去都是深渊，现在发现不是，
眼前的一切都如此明亮，有人
在前面等我，清明节她回家了
她说给我带了一些美味食物

# 走错的路

粉色衣服需要一次遮蔽，
金黄稻田围绕着
我发抖着等你问路，
把剥好的柚子递到你的手上
那一刻亲密无间，我们
退回来，回到选择过的路口，
老人们在雨中撑伞
走向一条崎岖泥泞的路，
那里安静下来
那里住着一些更安静的人们，
他们的鞋子沾满黄土。

# 烛光摇曳的晚上

我们吃完了最后一瓣柚子

在暗下来的房间里等待晚餐

我想要住在这多人的房间，唯一的

客人也温和善良，他是一个在路上的人，

在湿冷的天气晾起了衣服

李二哥终于上来，我们拥下去

餐桌上点了几支蜡烛，酒瓶反射出银白

在食物面前，我最专注

在这样烛光摇曳的晚上，

我们没有坐在一起

我们之间隔着什么

我和大家喝酒，各样的酒

你说我喝了好多，你说我酒量不错

# 在黑夜里读诗

灯光亮了一会，又停了
于是再次点起蜡烛
它发出的光使我们
刚好能够看见
我不记得你读了什么，
你自己也不记得
我只知道我读了遥远的沼泽
那沼泽在之后又被提及，
它是探索中的一块铁片
在铁片挪动的时候，
屋子瞬间安静了下来
只有它的锈气在蔓延

# 你寻来清泉

你从邻座回来，和我们之间有了沟壑
我们举杯喝完红酒，它拒绝落入你的纸杯
我最后倒米酒的时候，眼里只有这手中的竹筒

当我喝完这最后的一杯，我还知道旁边的人是谁
他也是一个可爱的小孩，对生人有着相似的挑剔
你和我们都不一样

我以为自己能走，却向大地倒去
地心有一种召唤，只有我听得到
我一次又一次地靠近，只有你把我抽离

我醒来，发电机的声音还在
你也在，我躺着发现自己失去方向
一种烧灼盘绕在我的内心，你寻来清泉
清泉是树叶上的露珠

辑 二

# 相 赠

## 与氓书

就在刚才，天气好像要下暴雨
在图书馆午睡醒来
一阵风吹着你
好像有无数种这样的时刻
你觉得有些悲伤，就走到树林里去
在水杉林里点了一支烟

你想起前不久写过的诗——
"我感到由来的疲倦
与万物一起有了休憩之心"

我这边雨已经停了，我湿透
你说："掏空自己，面对死亡"
诚实地面对欲望的诱惑
那样听起来真的不错

# 怀念黑贝

纪念日之后，你走了
替我挡住了致命的一击

你长鼻子上的稀疏胡须，曾轻轻触到我
伴随呼吸声，你把小右爪放到我的手上
我们凝视着，在彼此的眼里找存在

黑夜里我们的脚步声，回荡在芒果树下的小路
草叶割伤了我，让人心碎的是
你的焦急和慌张，这些都不会再有了

离开，对你来说意味着什么？
何处是归途，疼痛是缓慢的
你回到你的故乡了吗？我的小黑狗

小雪将至
我的脸像南方一样，是潮湿的
我感觉自己，就要这样衰老下去了

# 观星记

尘埃在此时降落
夜空下，只剩我一人
风声微弱了些，母亲在灯下
准备晚餐，远方客人惊扰了幼虫
就这样打碎了平静
母亲沉默着，她并不快乐

没有夜谈之人，我感到悲伤
只能不停地嗑瓜子，剥贡橘
父亲在柴火旁，他身上落满烟灰
像一张旧报纸被风翻着

依旧有人举起酒杯，
他不是难眠者中的一个
而每一颗星星，闪烁着
我们触摸不到的气息

## 那些看不到的

夏天渐渐远去，风中人们不再颤抖
秋天的落叶将时间划开，时间
像一个隐藏起来的伤口

树林里枝条沙沙作响，我还没见过海洋
但你的眼一片混沌，像褐色的玻璃球
溢满了泪，似想象中海的涌来

我在逐渐变黄的草丛里，追萤火虫
你生起了一团火，红色的火焰熊熊燃起
逼退了潜伏着的灵魂
世界依旧没有改变，之前我们看不到的
现在也无法描述

## 你在遥远的沼泽

怀旧依然让你痛苦，怅然若失
尽管你已经失去
我们甚至没有牵手，即使星光向我们洒来
萤火虫在林间飞舞

我从树叶的缝隙处
看到白月的移动
云层让它快速穿梭，我追着走
它好像又一直都在那里

有时候月光落在我的手上，凉凉的
像冰的融化
所有的这些，你都没有感受到吗？

直到我回过神来
你在遥远的沼泽，被夜晚诱走
向着夜幕更深处

# 秋天的小夜曲

秋天的寂静之地
黄花丛里迎来哀伤的客人
一场隐秘的送别仪式
正在焚香时刻自觉地进行

没有灯光和音乐
如此深沉的空气中
你在暗处，将我们看得清澈透明
忧伤笼罩于每个人的头顶

这个八月，我已没有什么可焚烧
没有南瓜可偷，河灯只是漂在水面
不具备某种意义
唯有在心底悄悄为你哼出
一首幽咽的夜曲

# 送亲记

无数的隧道，限速的变化
暗示着地形，从高处
往盆地中央，他们
说个不停，仿佛永不疲倦

谁的浅黄色长裙沾了湿泥？
众人休息时，我们
到田园里去，辨认植物

柚子树底皆是落下的果
我抱起了其中一个

# 秋日私语

一个秋日傍晚，漫步于荒草的晚年
它过于茂盛，注定被压倒的命运
来自地底的风吹落金黄的果实
它们中的一些，在未成熟时就被摘下

被风吹着，一些虫子已经消失
静谧的田野，裸露处有深深的裂口
它不像人类的伤口

我们曾坐在一棵老树下
企图折断众多扎人的尖刺
而一只蝴蝶的飞来
让我的心一阵颤动

# 读 你

你依旧如此淡漠，而我又多么炽热
一种不安的痛苦也在我心中升起
持久且沉重

你不像我
你没有爱情，甚至是没有活过

你穿行于风中，树顶的铃铛
持续你的魔咒之音
通灵者使你沉迷，溺水者使你哀伤
还有来自故乡沉重的印记和我

我是那个望你渡船而走的女孩
而水面如镜般平缓
你很快就消失在日暮中

# 异乡人的早晨

烈火里，无法告诉你的
都等着你跳下来

你看到背面的光了吗，
那从栅栏处滴落的潮湿
又是这样的一个早晨

感到刺眼、灼人的光线
无法穿透的墙壁

你呕吐不停，没有什么可倒出
而当你终于睡着
在梦中勤练飞行术

## 最后一次将你救出

凝视着我睡去，你是否感到幸福？
空气甜蜜而纯净，你留下最珍爱
的画册，纵身跃进寂静

我将牢记你离开的那个车站
并且最后一次将你救出
笃信时间终会使你觉醒

混乱的时空再次被打破
我说："抱一下，再抱一下"
我说："永别了"

# 你的手在我背上轻轻弹奏

我的后背，整个就是你的乐园
那是七月末，下午，在我们的归属地
还弥漫着微光，我感到疲困，就躺下来
并在你的胸膛上，被你的手指探访
它的修长依旧——触到我
它是带着露珠的天使，滋润了我

房间明亮如灯，我趴着
光阴流逝，这时你停下了
你的手指，它的温柔在于你的节奏
你为何？把它藏进自己的身体

我睡着了，不知何时你又停了
最后的一点点光也消散了，
一种隐痛在凝聚
一种无法理解的克制，
一种难言的干涸，守着泉眼

# 天空浮动着冰块一样的云

天空为我开放着，在我抬头看的时候
淋湿你的云，找不到了
如毫无征兆的
一次消逝，如我的身上你的味道

在周末早上，握着紫茉莉的种子
用尽所有力气，让它随天空之云飘走
而后落下去，散了一地

在南面的天空，阳光照耀着
你的云朵，像冰块一样半透明
深沉的复原，让你觉得
每个人物，都不真实地出现过
他们在那里变成碎片
而我，哭泣着几乎不敢醒来

# 塔　尖

一些矮树，生在塔尖
阳光下微风吹拂，它只在那站立
不如我有幻想的翅膀可触摸
它是塔上树，善于观察
我们在底下，仰头
注目，填补它周围的空荡

那是与我们相隔树丛的孤塔
我在亭子边缘发呆，安静看你
脚下是干净的方形石块，我们
去深井旁打水，感受她的冰凉，
我假想做一个母亲，露出宠溺的笑
为我的幼子洗手，他有稚嫩的小手掌

当我们在藤椅上坐下，太阳出来
你遇见绿色的魔芋爽，感到快乐
品尝它，酸辣口味有多持久？
穿过绿草蔓延的江中岛屿，细小的
白色花依附在枯萎树枝，蕴含生机
等待，只一场春雨就要盛开。

# 小 妖

到天使中央来时，你说："我是小妖"
会为这种冒险感到恐慌吗？有人说
天堂最中心的天使不穿衣服，而你
是否要到他们中央去，裸露自己，菇妖
好特别。你从前飞行，不懂人间驾驶术
只钟情于绿色，这种不可制造之物
也贪图玩乐，嗜睡，感到撕裂的疼
却想继续。渐渐他开始发现你的毒气
你勇敢承认，早就说过，他忘记了。
他们说你像一个黑洞，漠视危险预警
黑洞吞噬恒星，抛出鬼魅般的中微子。
你和黑洞一样挑食，人们在你舍弃的
火光中，才能瞥见你那跳跃小身影
小妖，输入法也知道了你的身份。
你曾说从外星来，贪食人间的辣椒
决定不再回去。在水中学习鱼的呼吸
现在，你是一株生机勃勃的野生菇
生长在密林深处，哪一个人类首先
发现了你？品尝你，你们有过命的交情。

# 当你有一个悲伤的童年

我们对爱的理解，源于过往的记忆
可我看到你，就想自由地跳舞
为你而跳，别推开我
我想说："我一直记得，我全原谅了。"

我专心跳舞
像赤脚在刀尖上
当你有一个悲伤的童年
请你一定要遇见我

# 给林中的人

叶子缓缓降下的夜晚，
一盏灯打开
你存在着，某一片刻
记忆中我们从未相遇，
或许曾经发生过
未被意识唤醒

我们深信的，众人都无法看见
如何证明这存在着的？
它已破碎，在我们追寻的途中
只有你的影子，在黑暗中隐没

我们在黑暗中，看到的真实
是想象的吗？
我们已无法将自己照亮
要如何证明自己的存在？

# 辣椒是我们的密语

仿佛在餐桌上，在黄昏的辣椒林中
我获得快乐，田地间，
蚯蚓的爬行，这盛夏不曾消逝的
蝉鸣，指引着，
未来的路。
水边的波纹，像微笑时脸上的
褶皱，在检验着它的可塑性，
从地里回来，凹凸不平的石子路，
我的白色塑料鞋底，它们的每一次接触，
就像安谧夜里的碰撞。辣椒，
绿色的辣椒，当你变红，
你存在于众多绿叶子之间，被摘下
被炙热的火烤着，到了新的碗口，
你是食物，又不仅仅是食物，
你是快乐的源泉，只有你，
才能让我留下。

# 天桥的乐手

桥上的老人，有一头稀疏的白发，
他一直坐在这，像一棵秋天的树那样。
整个天桥除了他还有卖栀子的男人。

有时不远处的灯光照过来，
照在他泛白上衣上。
我多次缓缓经过这里。

我走出短小的天桥
天桥上铺着开放了的栀子花
我走出老人的手与二胡建造的城堡。

# 冬日颂歌

## ——兼致艾非

我极少赞美日光，耀眼的影，
暴露在刺骨的寒风里，有人与我擦肩。
在这一块橙红的圆形跑道，将疼痛
抛在了散落的头发后面，像狂奔的

野马，陪伴在周围，没有亲友的人们，
感到一种坦然的自由，我庆幸与其同行，
伴随他们，就像认识了崭新的植物，
曾经真实地触摸过日光倾城的树叶。

我们或许变得缓慢，但不曾停歇，
在宽阔的空间里，制造相遇，新的交点，
众人深重的喘息声，掩盖了你，
但挽救不了你。

极少的温度，和交谈。我清醒
在某个长满青苔的角落，短暂的日光照射，
如米小的苔花开始绽放，
依旧如曾经被观照过的命运，还有什么？
能阻止它继续生长，或许是

这久违的温暖，融化了
无形的隔膜，消解了冬日里
坚硬的冰霜，微弱的爆裂之音
你摊开自己，展现出狼狈、不堪。

我忘记并重建了新回忆，在这无限循环的
树影里，那些摇摇欲坠的叶子，
与今冬和解于，我头上，一顶
纯白毛绒帽子：新的庇护

# 穿越密室：回赠仁聪

走进小巷，灯映着叶的反面：
似孩童纯粹的笑颜。
你穿越密室边缘，路人看见你
隧道的风声在雾气里呼啸

当你向我走来，我的体温渐升
我的手触及你递过的一束——
暗示了即将到来的季节

散发青涩香气，我们
再次浸润在月色底下
各自发出光亮

而月色清凉，在分别之前
我忆起曾经忘了的
近的距离，你就像一只
飞行于我头顶的白鹤
目睹了我在湖边清洗树的枯枝
像一个点，在你的翅膀下面

# 仲夏夜

水声潺潺，像拨动的琴弦。
客栈的蛙声，此起彼伏。
我们坐在停驻的游览车里，
没有被任何人看见。

星辰大海，树木轻晃。
池塘中，住着像往事一样的枯荷。
我播放音乐，我的心上人坐在我身旁
夜如此恬静，听到自己的心跳声

风有时变大，
几只飞虫游荡到我们中央。
这温柔的风，携着森草香，
心底的欢乐和愿望。

风吹散我们的头发，
吹开了我的丝质披肩。
群山伴奏，小河流荡起轻快的
步子，我们在池塘边歌唱。

# 地铁上

嘉禾望岗，它是一个中转站
在那里有无数分岔口，女人们
排队等待卫生间的位置，有人呕吐
我要忍住。从车站到机场
一个半小时的路程，拥挤时我
紧靠在你的胸口，感到你心脏跳动。
叫香雪的地名也难忘，在作家笔下
她变成一个女孩，也许是不相关的
事物，只有我的幻想将之连接。
空调冷风吹到我的遮阳帽上，
你在高的视野里观察每一对情侣
他们那漫长的无声争吵和安慰，
而每一次碰触，悲伤总能缓解
和所有劳动的人们一样，你我
站在夜间的地铁中央，只有
铁杆可以握住。时间变得缓慢
我们，如此疲倦，我轻，易举
到住处时，一只小猫将我治愈。

# 给树下的人

你的样子，在清晨的叶片露水里映射
树影下，断断续续的夜读声，我幻想
在一个空空的房间，你终于注意到我
在白纸上，新材料的方程式演绎结束
那是我看不懂的，但它可以通向太空
想到这，就倍感神奇。我一个人暗笑
依旧是寒冷的冬，我的左手冷冻如冰
伸到嘴前，朝它吐气，是温暖的雾白
你收起那稿纸，快速搓动双手，生热
传递给我。我就像一只猫咪，仰起头
钻入你的怀中，那里有最特别的气味
是迷人的气味。你手掌那么大，覆盖
我的手。我们重叠着，如三明治一般
你的温度扩散着，像火炉消融我的冰
我们的温度渐趋和谐，你还坐在旁边

# 在虹山湖

旧路施工，于是我知道了新的路径
路上有蔷薇，花朵越过栅栏在空中
盛开后的凋零，烈日下它已经发蔫
我爱那水上阶梯的木质纹理，于是
奔跑，发出空而亮的声音，现在是
午后，我躲在树荫下，看粼粼的湖
无风时它透亮如镜，风来时也吹乱
我的头发，友人邀我视频，他去看
在杭州的诗友，大家似乎都瘦了些
结束后，我继续走，寻找一个亭子
然后坐下吹风，有人开小游船过来
在湖水的边缘反复试探，我关了伞
坐在上风向的位置，那风吹过湖水
接着吹向我，带着凉意，继续吹向
后面的事物，风已沾染了我的体温

# 河池一日

我在去年十一月去过那里
餐后，夜游了湖边的校园
记下龙江秋月，可那晚
没有明亮月光，芭蕉林
松鼠跳跃其中。友人谈起往事
月亮像画中隐约的笑，不可见
我们的眼睛难以捕捉。石碑旁
是闪光的静湖，淡绿色，乐谱
就在那等待被弹奏，不同手指
发出不同声音。蛇的到来，仿佛
没有发现就没有恐惧？
何来的恐惧，如果没有冰冷外衣
只是卧在桌底。而当你回来，
看到它模糊身形，找来眼镜。

# 生日，快乐

今天你已经二十四岁，我没有什么
可以给你，不说："要自己给自己"
似乎知道太多，或许揣测过度
不愿意看你频频回头凝视一片深幕
比你多成长的两年，我不见得多成熟
节日快乐，是一种祝愿，生日和快乐
又有什么关联。似乎找不到要说的了。
一个月未曾联系，都过着自己的生活
不会再纠结你不与我通话的原因，
二十多年来，第一次晓得充实
沉迷一件事，曾经是你，现在
是其他。当回校专车开过工业园
开回一座小镇，我将在这里生活
自闭却满足，真正的自由
不是空间上的，就像我只能躺着
却感觉星空在我的头顶盘旋。

# 屋 虹

像雾，屋虹是她的名字，她说话时
我正在剥蚕豆，把绿色的皮剥掉
把渐白色的壳也剥掉，只剩下
最鲜嫩的两瓣果实。她是海洋蓝
唤起我鱼的记忆，我们都
在别的人家，找到家的空间。
周围的年轻人孤独寡言，大人们
精力充沛，像没受过苦难的样子
她说："白玉兰——很困的鸟，瞌睡
就快掉下来了……"看她的提问箱
最后还是要说："祝你开心，此刻。"
厨房的香气飘出来了，辣椒和花椒
鲜美无比，湿湿的天气，就适合这样
在她梦幻中的宜昌乐园，一位陌生的
出租车司机，说出以"妹妹"开头的
每一句，都像出生，那种温柔让人
瞬间流泪。几天后她写下："世界和平
没有家暴"，悬挂，看到不受约束的
可能性，并展开，那里就是乐园。

# 致小妖

红点，是一件防御的外衣
对于外界，身体最先意识到威胁
它让我们感到疼感到痒
只是为了辨清：我们该远离的事物

你长满密的红点，出现，又消退
像一块旧布，由无数根细线
编织

你挠破红点，感到无力
落叶飘零的银杏树下，你已没什么
可以握住

路旁的烧烤摊，在你长久的注视之后
与你对话，你乘着破旧的三轮车
回到住处，给老人一张可触的现金转身就跑

# 晚　餐

## ——兼致陈航

喧闹的广场——路旁，车辆，人群
我穿洁白上衣，金标图案，
淡绿的雪松格裙，在我的对面
是跨市而来的友人。

周围传来舞蹈音乐
而我却听不见，我沉迷在熟透的山药里
他吃中辣口味的牛蛙，满头大汗
却不曾抱怨，只是默默陪我吃完一顿晚餐

同样的辣椒，在我们不同的感官里
被呈现，一切都是相对的，就像
小马过河，我们谈及那疯狂撕裂我的
像切肤之痛的甜蜜。

当晚餐结束，我背靠椅子坐着
并且知道自己可以坐在
楼梯口，拿着长笔——就像叼着纸烟
拍表情包那样的照片。

# 出　神

我在深夜的梦里发愁，流星飞过
狭窄的红色楼梯，十层，不断碰头。
黑长廊尽头，一个红色身影开口
她要结束我这半月来的犹疑、惊恐
我逃避，快步走开，在漆黑校园
行政南楼门前，栀子开得稠密
不摘下，也会凋谢，我将它
带回，连同含苞的部分，挺立时刻
只短暂一夜，如野花离开高山
失去它的空气与土壤，渐渐低头。
这致命的拥有，男孩们的爱意
无一人为我分担，我出神时跌倒
从前的言语，化为矛盾的行动
听从内心，属于身体，而我
丧失理性？他看不到我的诚意。
我热爱的夏天来了，它带给我
树荫般，凉爽的夜晚。将汗水洗掉
用不断的水洗掉，洗我紧闭身体。

# 初 夏

课后，我下楼，发现渐黄的
枇杷，更成熟的在最高处，后来
那些距离近的，未熟时已被摘下
穿越红色铁栅栏，到外面去
买一些新鲜水果，在路口看到
绿色藤蔓，欣喜并与之合影
在春天结束之前，我说：
"别拖至夏天"。在月初见了面
季节之交，雨水丰沛，第二次
竟如此熟悉，你亦如年轻的夏
沉醉于汗水淋漓之感，重温技艺
满足于这种距离。你说："我似乎
恢复了大学时的天赋。"到沙发去
开辟，小风扇此时才派上用场。
细微的吹拂声被掩盖，温柔地低语
这是你快乐的日子之一，要铭记。

# 母　亲

母亲五十多岁了，头发掉落
皱纹更多，在她稀疏头发里
我们找不到一种温和的方式
就像秋天的枯叶，被风吹来
我们也被吹着

每天我们都有好多机会
走在路边田野，接受阳光
空气如此清新，那样
头发可能会重新长出来？
我们都需要再长一次

# 雾中所见

——兼致健健


"大雾终将散去",
是梦醒时记下的一句,
春分日过后,烟草的幼苗,
长出圆的叶片,贪吃的
仓鼠咬下一块,后来它
就死了,有人开始哭了。
你在海洋顶端,我被压在海底
我们之间,隔着岛屿,
深海少女,吐泡泡是每日练习。
我坠落时,紧贴同类的残骸,
仓鼠爸爸也有忧伤,是我未知晓的,
爱的本质,是痛苦的?快乐偶尔浮现。
海底的温度像冰,压迫感,
像时空的裂伤,有时嗅到铁的锈气,
是一只鱼掉落的鳞。它被人类发现,
它对食物过于信任,于是飞走,
梦里我看到它断裂的
身躯,只剩下细长的尖刺。

# 桂林的夏

反复变幻的夏，我猜不透的桂林
太阳照耀时，大家去阳台晾衣
待我出门，楼下是前夜狂风下
吹落的树叶，地面被不断冲刷。
去最近的食堂，未到时又是暴雨
艰难前行，自选套餐里的花菜
我的最爱，依然无法冲淡这忧郁
肩膀隐隐地疼，细小的枯叶碎片
以何种方式飞跃到我的白裤子上？
那膝盖处的小绿兽，变成深绿色
短暂的相伴，怎么能说我不爱它
可是我完全湿透了，路口的拐角
是深深的积水，明亮又澄澈，流淌
每一滴雨水落下，都形成一个圆圈
像幼时我玩过的果核，我不记得名字。
我在雨天做什么——翻开青年大学习
手机滑落，粉碎，渐渐习惯这种破损。
在雨天一直躺着，次日，我突然发困
短暂失忆般，不知怎么我就摔到地上
新的玻璃水瓶，声音清脆，我叙述摔倒

他追问什么摔倒，说："人摔倒可以长好"

他不知试图恢复的，并不能，即使是人。

# 给伏骏

三月，雨水无处去
我幻想着，有拒绝的底气
不要平庸，不求他们看懂
我需要的，总会来吧。

图书馆前，油菜已经开了花
倒不如它一片青色时候，
最青涩的，也最有活力，
而你错过了家乡的椿菜。

会在春天结束前回来吗？
结束这漫长的异地之思
我最近有好多事要忙
学习认真些了，虚弱时刻。

本应躺着，却在电脑前冥思
你说起噩梦时，我刚午睡醒来
呆滞。那梦中久置尸体的焚烧
让你恐惧，这就意味着不吉？

难得的放松让人满足

不看书时我觉得内心空荡
像我们分开时一般，
如你所愿，我找到了自足地。

不再从你那里获得，这样的
成长，是否让你感到轻松？
不必恐慌，我依然是那棵雨天的
野生菇，生长在西南密林，
只有你知道通往这的唯一路径。

辑三

**漂流**

## 突然的雨

窗外，人群聚在大门口。
有的等伞，有的等雨停。

如果我不从二楼书店下来，
就不会知道已经下了大雨。

我刚从那个门口走上来不久，
额头上都是汗珠。

# 河谷观洞

当你走进来，在一个烈日灼心的午后。
紫外线已殆尽，偶尔的人声，空旷。
寒气中，亿万个精灵钻进我的膝盖。
众人被交谈牵绊，我们走在最前面。
一种没有耐性的前进，
我看见右侧的狭长瀑布，
它从山上冲下来而不是流下来。
你听见白色水声，
是哗啦哗啦而不是啪嗒啪嗒。
年迈的男人们搬着重物，我们相互避让。
他们停下来，避让后面的旅人。
此时我们已到溶洞内部，
看到了《高原上的野花》。
彩色的光扑打在石柱上，
扑打着碳酸钙的沉淀。
上行中，热气袭来时，
我们以为很快就能走出这里。

## 煤矿村的夏天

夜灯的橙红，滴落在大地，
我归来途中的一个印记。

多少个日夜，临近入睡时，
听到那些蛙声、那些锄头
和岩石相碰的声音。

煤矿村变得不再宁静，
屋顶上的植物，
像一群绿色巨人。

在梦里我被追赶，
醒来是一片黑暗。
你从南方走来，
告诉我星辰的秘密。

# 煤矿村的街道

我以为那是最后的夜晚
于是再一次走向它


亥时的街道，烧烤味
弥漫在空中
我对这吵闹少了些厌恶


一株灯下的植物
一只茫然的白狗


走过菜市场，走过洗发店
突然我就到了终点

# 依旧恐惧

当黑色成了具象，
我恐惧，一阵有形体的风，
我逃离，它是生命的使者。
小巷里，它要带走我曾经拥有的——
这个世界上有人富有且快乐，
而我在贫穷的村中消磨，
消磨于褪色的夜
悲剧性的。一个月前断裂而
活动受限的左臂。独居带来的
隔离。它是一个噩梦，是黑色。

# 风

躺下的片刻，周遭明亮如灯。
——窗外，绿叶子簌簌作响。

而触摸不到的风，一种虚幻的到来。
在与树干的交谈中。

风吹过山林，来探访亲人。
就像，一个迷路的孩童。

# K9554

K，救我，我是。

一根从草海到贵阳的琴弦。

处在小暑和大暑中央，我是

盛夏后的雨水。

我们将更多的语言藏匿，

不像那些森林外的蜜蜂，

汲取着白糖的甜。

从"慧之岛"出来，

世界变得清晰。

走得久了，才发觉镜框沉重，

压塌了我本就平坦的鼻梁。

K，带我离开这，

慢悠悠的小城。

如果脱下这条绿裙子，

我的重量

轻薄得像一片柳絮

# 这一次，她坐在垃圾车的中央

饥饿感，从中山西路回来，我走进面包店，
询问最小尺寸蛋糕的价格，
走到路边，买了老妇人的桃子，
我曾在她那里买了两次，她不会记得。

短途旅行，耗尽精力的疲惫，
宾隆超市的座椅，独行者的歇息处，
将物品储存后，我瘫下来，伸直了腿，
制造更宽的受力面，直到夜幕降临，
我艰难上行，回到那山腰上。

又一次，我遇到那个拾荒的老人，
她孱弱的躯干，像秋天的南瓜藤，
枯竭，而又坚韧。
这一次，她坐在垃圾车的中央，
翻找一些可用之物——塑料瓶子、纸盒……

# 什么陪我醒着

漫长的阶梯，让人喘息，
时间从不允许我停歇，
当我归来时，一只
黄猫虚弱地躺着。

在头顶，密集的电线，
它掉下来了，多好，
不然，总担心它要掉下来。

当我躺下，感到饥饿，
感到口渴，我起身接水时，
窗外亮着，有什么陪我醒着。

# 抬臂练习

午夜时窗户开着，无风。
我躲避镜子，回到床上，
检查枕头底下的，剪刀。

不如从前一样。
缓慢举起的左臂，
像一支断桨，我在海洋中央。

# 失重感

当新的痛苦叠加时，
旧的痛苦看起来减弱了一些。
它总不能一边粉碎又一边流血。
阳光照下来一点，我体内
水分就流失一点。

清晨时候，我总是错过了。
一场久远的梦，
看见蓝海和沙丘。
有人在河流上
漂一整天，永不枯竭。

# 十月卧记

独自走回房间，临死的人继续上行。
曾经想上楼看看，我终究没有。
他的长袖子里充斥着空的气体。
大家都很静，所有病房中最静。
他知道将死之时要来临，
我没见过他嘶吼的样子。
好疼，不要继续，通向新旅程。
因此要有结束。
那一天来时，护士们如往常一样
清理床铺，这里不知道曾躺过多少个。
我们都疼痛不已，突然想去湖边。
穿过狭长小道，把黑夜当作隐身衣。
我短暂消失过，又长生长漂泊。

# 第五场秋雨后

此时秋意渐浓，
雨打在玻璃窗户。
独行的人难以取暖，
每走一步，
消耗一些单薄食物。

雨落下来，
落在青草地。
落在他渐白的
弯曲发丝，这唯一的
遮蔽，也稀疏了。

# 原始的荒凉

到终点了，我们穿过老房子

到枳椇树下，捡它的果实

干枯的叶子落在草地，草地

像一个温柔的陷阱

随后窜出了一条

蛇，在我的尖叫声中

仿佛最初的入侵者，令人恐惧

这是个荒凉之地

老邻居偷走了房梁木头，又加重了

我对暗室的怀疑

挑担的乡人有时路过，在林中歇脚

路旁的花鲜艳，刺鼻味道

红色果实熟得滴落

这个午后，我回到了最初生活过的地方

寻找依稀回忆，陌生感像叶子间的风

我靠在青葡萄架下，想起我曾经的家园

在一场大雨之后就已经倾倒

## 厨房里的蟑螂

它不懂得隐藏，和生活里的世界。
我的空瓶底和书本，将它困住。
它开始装死，接着拼命挣扎。
"你可以走出去"。当它安静下来，
我听到这样的自语。

"你只需要忍受这个黑夜，
你要缓慢呼吸，保存体力"。
它不知自己的存在
对于外界是一个伤害。

在寂静中听不到任何声响了。
无法挣脱一座塔，就等托塔的人。
它知道那人一定会来。
"我会活到，等你来看我生死的
那一天"，它如此坚韧。

轻度睡眠，它活着的渴求。
会有一只手将那小塔
移开，那手不知何时来。

# 在林中

雨天，我看起来像，
一株纯色的小蘑菇，
警惕地挪动。

在林中，植物有细长的腰肢，
我们之间有难以弥补的空缺。

青草地，蓬松且陷阱重重，
树莓红到发黑，类似狗尾草的
长枝条被折断，
串起这自然的果实。

在林中，野花红酸甜诱人，
在这里我忘了自己，
成为它暗紫褐色的老枝。

# 夜晚的街道

那时，我步行下去，从煤矿村
到旭东路，一个瓦片屋顶
上面长满多肉植物
开出了嫩黄色的花

屋下是昼夜不歇
下棋的人们，那样专注
我经过他们，像一阵日常的风

夜色像一块褪色的星空
它的深重被夜灯照亮
在夜晚的街道，在那些
彩色水果的板车上

# 去年的某个时刻

山里有花有树
我坐在半坡的平整处看一张老照片
往事奔涌向我

照片中我的父亲，有着完整的面容
那些被风吹落的絮和我一起看
那些降下来的雨丝

友人已到山顶，呼唤我
此刻静谧的山中。无人看我的眼
只有呼喊在回荡

父亲完整的面容在脑海浮现
那时我好想回到八岁
我上二年级
有一个包子作为早餐的上午
和海绵缝补的嘉陵后座

# 雨中的事

雨在下，河水漫延，
石像旁的人，像幸存者。

雨在下，树枝折断。有人在
梳洗瓷瓶上的羽毛，雷声低沉

雨在下，雨中的漫步总是
自由而绝望的。

雨在下，穿行而过的绿皮汽车，
那些雨水，飞溅到我的身上。

# 童 年

我八岁，从雪地里拾柴回来，
可能还有更多，但我不记得了。
我不知道有一天我会走出村庄，
清明时节见过的茶场，不是最远的。

我还会学到更多，
例如翻山越岭，爬到树上
摘取一些药材，
作为食品的交换物。
每一天，清晨依旧来临，
围墙上，有一只鸟在张望。

## 在奥地

我不再哀求支援，练习单手切辣椒，
他已经不是以前那个人。

我穿过了暴风雨后，意识到了。
桂林的傍晚有橙黄的霞光，
铺好了一条未知的路，而后消失。

我坐在池塘边，拍过的白莲不见踪迹，
只有蛙声依旧，杨梅微红时被折断了枝。

推开铁门，一步一步走出去
叠彩万达，从十五日到六一，穿行过林间

我不再需要，多余的庇护
不再结伴而行。

被捆绑的树枝被塑造，
晚一秒夜幕降临，再也寻不到天空的蓝。

我逃离希望，那么精巧、细致的语言，
裹紧了我，又损害了我。

在奥地，辣椒依旧呛人，迷人味道
亥时湿气深重。

没有多余的蚊香和打火机，因此我
无奈且欢喜，蚊虫与我亲近

新来的男孩，抢占了我坐着的弹簧椅子
我甚至都没有争辩，只是让开。

习惯性地护着左肩，怎样才能文明地
站在你面前，叙说心愿，将欲望描述成渴求？

## 离开奥地

奥地在我的脚步中消失，我没回头，
这是雾一般迷蒙的早晨。

在这片黑暗的土地上，
走散的我们重聚，再次跋涉。

我从西边出发，
前路艰阻且长。

拥别仪式之后，
又一次，我踏上隐秘之旅。

# 漂泊者

离家，跑在寻找遮蔽的途中。后山，
一片油菜地。午间突然大雨，流淌在
青色叶子和金黄色花朵中间，
在我和群山之间。雨滴落在褐色岩石，
像文明的入侵者。众人从未见过的
雨后天空，新鲜的蓝，洁净的白，
一个短暂消失的太阳。重新出现，
我停住脚步，移动是徒劳的。
在我的黑裙子上，粘草子紧紧贴着。
我一颗颗缓慢地完成分离
这些陌生的外来物，它无果的依附
和怯弱者的摘除。相似的事在发生：
它们预知了漂泊的命运。远观都已
不足够，为了一瞬的交会，
一瞬的交会，永久的隔离。
在我的脚下，岩石上青苔的
印痕，是漂泊者不宣的秘密。

# 立 秋

渐渐的，我们的话题纯粹
只剩下天空，日暮
我是他行吟途中的一个印记
不可磨灭的，热烈且难忘

母亲送走了外甥
我依旧坐在桌前，写字画画
没有人问我要不要一起走
等到她回来，一天就要过去了
夏天已经流逝，带走小秘密

# 秋天，桂林

这时候了，太阳依旧不矜持
德芙已经融化了，和包装粘着
在雁山，我们找不到一条河流
没有桥，只有一地落叶和碎花朵
在初秋时，将往事一一原谅

八月，我故乡的野果快成熟了
在山顶上我摘过很多的果实
它们长于幼小骨头堆成的沃土
我后来才知道细节，为此呕吐三月

在桂林，我不再遇见那些
野果，我吃过的果实
我呕吐出的果实

那淡去的味道，像我手上的
顽疾，曾让我挠破流血
又不知在何时全部撤退

# 越过山丘

我们又爬到了山腰，硕大的石头
有被开采的痕迹
太阳让我们不停地流汗，
一匹马走在女孩的前面
它的长尾巴充满力量

越过山丘，钻进玉米地里埋头前行
蜘蛛网和飞虫挂在我们身上
我的手被叶子割伤，渗出血迹
他放到嘴里吮吸
再越过一座山，就可以踏入田野
我仿佛已经闻到稻子的清香

# 梦见飞船

我在庭院铺开毛毯
坐着看夜空，一艘巨大的
飞船盘踞在头顶上空
离我好近，此前它
遥远地凝视，它开放着，
没有保护壳，全身暗淡的蓝

等我从屋里拿出手机，冲到那里
它消失了，退回无边黑暗
只在我头顶待了一瞬

一种频率暗示我，它来自故乡
有些真相慢慢溢出
我却已有了人类身份，多情而脆弱
也深知时空终究会将我吞没
而我抹掉了记忆，在能回去之前

# 最后一日的诗

我和你，不再说起群山、竹林
以及玉米地里的飞虫，
樱桃树下两匹马追着我，
我在坎坷不平的石块之间奔走，失魂。

你我命运多舛，像两条曲线，
这一瞬间相交，下一秒又分离，
短暂获救且欢愉，
我开始怀念咸的汗水滋味。

那么多我们丢失的时日，
都被浪费了，
我遥望繁星万千的时刻，烈日将你灼伤
什么时间开始，只剩下噩梦可以分享。

我感觉到冷，还有疼，
于是抛硬币决定，碎了就演下去，
硬币不像我，不易碎，
第二天来临，我假寐，躲避清晨日光。

突然期待春天到来，

在清冷的冬日午后，我站起身，
用水彩笔画出罂粟花的形状，
可能有风，听到窗外有事物相撞。

很多东西在消逝，就像时间，
如果我不醉酒，就不会想起沉在海底的沙，
如果我不点烟，就错失了羽化升仙的幻想，
可能我的岛门槛略高，有人准备好逃跑。

最后一日，他们都到人群中去，
在河沟边种一棵柳树，也可能不是柳树，
是别的什么树，我在日光下远观，
只看到密密麻麻的黑点。

# 环游光景

在镜中，对身体的细致观察，
缓缓抬左臂，喑哑的断裂声，
现在放下来，用你的右手去摸，
左手手臂与肩膀的连接处，
是否有一块坚硬的骨头？
反复比对，是违和。

间隙依然存在，
高的空间分辨力，
低噪声率，避免散射，
清晰曲线由此生成，
可存储、调阅、传输，
不像悬浮着的，腥的鳞片。

肌肤之下，骨骼无迹可寻，
"手臂的弧也是美的"，
像环游时的光景，
如山谷密林间的寻觅、游走，
似夏天的油桃，它是那么软，
按压之后得到的真理。

# 在煤矿村

I

太阳照进来时我已醒了，
我感到，一阵热风扑面。

我剪掉玫瑰细小叶子和它的茎
要调一杯纯正玫瑰奶茶

窗台下是邻居的
房顶，平坦的。

废弃的浴缸，种满了花草。
在通往房顶的一角，

一棵茁壮的花树，像蔷薇科的。
邻居有时上来浇水。

他是那样温柔，就像
为上学的小女儿梳洗

## II

傍晚时我回到这里，
旭东路挤满了车子。

戴着头盔的人们就像瓢虫，
站在绿色叶片上谨慎挪动。

沉溺于夜色中的人群，
总是等待着夜幕降临。

而我独自在树下走，
走回山腰，路过那些烧烤摊。

和那间娱乐室——
嘈杂的声响中。

有一种哀伤，
近乎流浪者的颠沛。

## III

亥时我已回到家中，
脱掉这沉重的外衣。

让自己沉浸在，
浴室的白色水声里。

而我在深谷的低端，
音乐声让我坠落。

一直在飘摇，仿佛我。
就在烈火中，在融化中呼喊。

受限于网状的窗口，
有人在下面交谈。

就像我对爱人的呼唤，
哪里没有不能愈合的伤口？

Ⅳ

是否一个人独居太久，
就得重新思考生命的意义。

人群，和酸涩的柠檬？
是不是她躲避城市的缘由。

当这些都消逝，

生活就变得空旷而甜蜜？

是不是我已脱离，
像一只缓慢的蜗牛。

几乎和外界隔离，
背负着沉重的躯壳。

我开始发现荒芜，
就像山风和野草莓。

原始的森草味
和持久的梅雨。

反而给我将自己
都安全地保护起来的窃喜。

V

我的一生短暂，
像一只山雀的飞升。

我的心淡漠，
像衰老的褐色枯枝。

我的快乐是一个词句的浮现，
我的苦难是一口陈旧的深井。

惊醒于这山腰的村中，
打开灯光，思索着。

一两声鸡鸣，我渴求天明，
就像昨夜渴求星辰。

辑四

# 建 设

# 一天

在日光下醒来，这耀眼的光让我
无法睁眼，依然是光明的天空啊
西红柿已经开了黄花，自然生长
信星座，有五颜六色的衣裙储备
这一天，从中挑出幸运的珊瑚橙
清洗被子后，放到太阳底下暴晒
清明时节嫩绿的小茶树也苍老了
像一些洗旧的衣物，曾经新鲜过
时间带走最初的一切，美的体验
这是靠近五月中旬的正午，我在
庭院，樱桃树叶子依然绿，稀疏
果实，为它减少了被折断的破坏
这是平平无奇的一天，我回忆着
昨夜的梦，飞行物停留在墓地旁
那么近的距离，它要带走一个人
那人背对着它，并不知情，我想
说话，无法开口，只能比画手势

# 五　月

突然降温，尽管前一天夜空里有明亮的星和月
这是只有寂静无灯的乡村才可以见到的景观啊
日间总是有人焚烧枯草，土地也变得干净细碎
草叶的烟灰乘风飘进我的庭院，还有枯叶聚集
每天都得完成清理，这是难得的五月，我依然
待在家中，等待复试的消息，渴望再成为学生
每一朵小粉红花在树上盛开又凋零，此前未曾
察觉，这普通的树会开花，嫩叶揉碎溢出汁液
祛除让人瘙痒难耐的细菌，细小的微生物是王
肉眼无法看到，它企图入侵我身体时被阻拦了
信号是泛起的红包，脱落的皮肤，我挠破的痒
这个季节，是否还有植物长出新枝？蚊虫流窜
无法描述的美，也难以记录，璀璨星河里漫游
食物要及时放入冰箱，一人餐食，要做得更少

# 新肌肤

一个异乡的夜晚，疼痛让我短暂昏厥
从小陡坡下来，我一阵慌乱，速度啊
不曾减缓，小路的一旁是树和铁栅栏
友人们在湖边野炊，吃李子，相隔着
一条小河沟，我想学电动车的骑行术
于是载人绕圈，一秒就会，多么得意
他提议去新的道路，我以为是在梦中
我就算受伤也会醒来，结束那个噩梦
然而那不是梦，我的黄格子长裙磨破
我的嫩的肌肤，渗入泥灰，仍在躺着
周围，言语的人群，他们的脚步声在
地面上蹀动，离我的耳朵好近，时间
流逝，我清醒过来，感到了极大痛苦
知道自己还在人间，我的美丽的锁骨
不再可以深凹造型，它就像死过一样
肩膀的皮肤流脓，我们去寻古老中医
他给我敷药，金创药，忌食酱油辣椒
浅的创面不留丑的疤痕，新肌肤长成
多稚嫩，唤我："维纳斯——断臂神"

# 语文课堂

将听到的词语转化为文字，是艰难的事吗
这是午后的语文课堂，三人声音起伏回荡
一些冷气和一些彩色的光，还有树叶轻晃
图画上事物的幻想，一只笼子困住一只鸟
你也在寻找那复杂的独特的永恒吗？神秘
我们的处境，多么相通，在反义词间抉择
四点半，课堂结束，孩子们离开，穿过那
热风中的树下，整个下午，若离开了空调
我们会不停流汗，而他们的小身影渐消失
在那燥热的街道口，向着不同的方向展开

# 山水间

雪花落下来，压断树的分枝，
十年不见的大雪，降临，
在纷扬的人世。

竹子的枯叶被风卷起，
被折断的，变了方向生长，
河水流动缓慢，不暖，鸭毛漂浮。
油菜参差，冒出些许黄花，
阳光耀眼，风是冷的，
洗衣的人们交谈。

这不是城市，这里是乡村小道，
我游走于路旁，看飞窜的鸟，
我不再拥有高的窗台、网状栅栏。

幼童的笑声穿透庭院，回荡在山的一侧。
我们生来就属于这片贫瘠之地，
群山万壑，遮掩我也庇佑了我。

土地长满坚硬的茅草，它锋利的叶片，
形成禁地之门，

我在午后重返，几乎认不清全貌。

早开的黄花让人觉得新鲜，穿越野草地，
我遇到小的棕榈，也许不会有那样的机会，
用它那嫩黄色叶子折成玫瑰。

走吧，太阳和海水轻抚你的皱纹，
去安宁之地，和野生动物保持距离，
青翠的野草，生机勃发的绿色，
坐在斜坡上，你的牛在你脚边。

温柔的风让你沉睡，当你醒了，
太阳微红，落入山底，
无人唤你，只有你的牛还在等你。

我们的生活，如此简单，重复着，
在这雕刻了未知的岩石上，
有青菜的汁液，和刀的切痕。

你点燃了柴火，将蜡烛融化为液态，
为余生饮食做练习，
去采摘不同的野菜、不同颜色的花。

那就是我的童年，不能选择的、漫长的时期，
你是否记得油漆盒子和柴火头？

冬日里给你温暖的一切，现在，都消失不见。

桃树下碎鸡蛋壳也沉寂，
是它，帮我们挡住一些劫难，
拉过秋千绳的树，它们的间隙是否有了变化？

蜡烛开了灯果，它将我引到堂屋前，
而在夜里，我要重复流水声的音乐，
缓慢睡去，就像躺在大海上。

# 祈　愿

空无人烟的街景，有什么暗藏着。
而我在群山阻隔的大地上，烧着
湿的柴火，为你祈祷，祈祷你
恢复正常体温，期待你
重新获得抱起我的力量。

雪落下时，我接住了好几片，
很快，被手里的温度融化了，
尽管我又尝试着等待下一片。

接着，我沿着雪中脚印往前，
在石砖铺开的小路上。三叶草、
蒲公英都被沉沉覆盖。

我已为你缝制了祈福的饰物，
针头扎破了我的手指，
等着我，就像从前我等你那样。

# 建　设

在我这儿，你安静睡着，
冬日无暖阳，饭后疲倦感，
你的呼吸，轻而缓。
从燃烧的旧居回来，我记住了，
那烈火焚身的滋味，
它在我身上留下印记，
似乎告诉我，属于我的标志。
过氧化氢，是温和的，
我腿上吐出白色泡泡，
结痂时，一种愉悦的疼痛。
某一刻我像寒夜里的灯？
把你照亮或者引你入迷途，
你将返时却依恋，憧憬的真理。
你想要逃脱，却抱紧我，
一个简单句子，反复敲击心脏，
我们都受困于此。
我——一个年幼的造物者，
企图在断壁残垣中建设，
还忘不掉纯与洁的揪扯。

# 送你一束花

又一周过去，恢复正常睡眠，
到水里去，吹泡泡，
无法呼吸的，42 次仿佛是一个极限。

余后之路阻且长，有人唤我，
踏上人生的暗途，不要怕，
爱变成求生的事，是坚韧的。

还在治愈着童年，
似乎这是终其一生的事业？
梦里我不断冒险，折断翅膀，坠落。

又一次，尝试离开那些，
曾吞没我的，取笑它们，
最后落到海面，裸泳，无人以我为荣。

路过草地，红惨惨小花，蔓延到路边，
赤脚坐下，与友人聊天，
他也是小镇上唯一热爱诗歌的人。

他在做什么——

在反光镜中给他的朋友写碑

问心无愧，一行热泪。

整理植物的枯枝，一天就要过去，

谁会原谅我被虚度了的青春？

你明白，我的期待。

那么，我还剩下什么能给你的？

——送你一束花

金黄色和白色的它，纯粹无瑕。

# 自拍术

"偶然的更美",
是不经意路过的田间,
油菜花渐凋, 花朵与嫩果实同存,
赤脚踩吧, 粉色的短袜也要脱下。

你长大后, 对田坎的高度,
有了新的认知, 一切都是相对的,
近大远小, 近实远虚,
在四周, 假象重叠着。

你需要迂回的田埂, 有曲折的弧线,
与你保持和谐, 它的存在因此获得意义?
还有一颗年轻植物, 足够坚韧挺拔,
支撑起记录你的, 那个精密仪器。

# 墓地旁

三月末的阴雨天，在墓地旁
我们磕完头，要去山脚挂纸
脚下的泥土松而软，一排排
蔷薇科植物，含苞欲放
撑着黑色雨伞，在雨中停下
我告诉友人："想偷回去。"
付诸行动，被尖刺扎破手指
白色野花，绿叶中更显真实，
我偷采一朵，把它连根拔起
用纸巾包裹着它的茎干，
像保护着我浴后的身体
回到家中，已经黑了
夜间看《斜阳》，在太宰治
细致描述里想象蛇的姿态
想起在墓地见过的蛇皮，
和我曾经脱下的皮
后来我又做了长的
梦，只是不再记得内容

# 南方庭院

似乎总有大风，吹得竹叶飘落
旁人多羡慕，如山民对平原的
谈论，却不离开这里一步
我在院子里吹风，晒衣

太阳出来之后，
飞鸟落在屋顶的瓦片上
它翅膀的扑腾声，引人注意
我目睹它快速地飞走又飞来
太阳落山时，扑腾声隐匿

青色植物，从地缝长出
它们在地底时所看到的
黑暗，此刻都消失不见
而我还在庭院坐着，回忆
那灰黑色翅膀的扑腾声

# 记忆深处

夜间，一个女孩独行
墓地旁，烛光闪烁为她照明
接着是灯光，如果那个夜晚

未曾被驱赶，她不会知道
夜里有路灯，但即使没有一丝光
在黑暗中，她依然可以辨清石头

昏黄的光，在细雨雾中
一片迷蒙，女孩没有呼喊
也没有恐惧惊慌

她似乎知道没有终点
仿佛行走使她存在着
因此她无法停下

# 四月记

杂草丛生的墓地

一片新鲜的绿

可触及之处

是一棵挺拔的小茶树，远观

在墓碑上寻找相识的名字

细雨飘落时荒草还没有燃尽

白色烟雾缭绕，我闭目蹲下

我不曾哭泣，只是有风

吹着我的衣襟，吹着我的头发

我急躁时被黑伞的铁丝

勾破了手指，还在不停受伤

我深知万事无不尽

可我同你一样，还存在着

谁也在试图追寻瞬息的永恒？

# 当月色变暗

缓缓移动，是云
有风吹，营造晦暗幻象
而我，躺在三叶草密布的
青色草地上，没有垫子，
只是一个单薄的
蛇皮袋子。你看见的星辰，
和你在同一时空吗？
那些远而耀的，闪光
靠近地面时，我感受不到
地球的转动，只觉安稳不移。
盛装穿过路边的墓地，
你会看到红蜡烛被点燃
是否想起了幼时见过的案板？
植物的叶片被晒干，被糅合
最后成型——细长的香
散发安宁气味。当月色变暗，
旁人视线模糊你心敞亮无比，
月光洒你身，随你到彼地
像凉爽的夜晚，在一棵
树下，暴风般的甜蜜。

# 细雨中的云雾山

傍晚时分到达，我一阵晕眩
跟随陌生的人群，去看茶树
一排排，刚被采摘的痕迹
穿高跟鞋的人，她有我向往的
坚韧，折返时被雾气迷惑
也因此发现了新的道路

我更爱那些雨中的树木
只要它脚下有土壤
它就在此生根，吸收雨露
阳光，自然生长
它邀请我到花园中央
在这里，物体不会失去重量

在潮湿的空气中，我渐渐拥有
透亮的心，树枝叶片间的低吟
我听到了，它们是那样的充沛
饭桌上，有炉火，干燥的茶叶
伸展，重现它原本盛开的形态
这冷寂中，透出大自然的秘密

## 给你，清澈的甜

我与你的距离若隐若现。
宽阔的乡村公路和湖面。
在你的视线里熠熠生辉。

穿越野草地，看到金黄色
花朵的盛开。
想象中的未来变得可期。
从清晨到日暮，一切
变得可以碰触。

对我们来说，这不是阻隔。
在你眼中，我有甜美咬痕，
春风袭来的小院里，
我剪裁玫瑰叶子。

我还将为你准备晚餐、清茶。
每颗玫瑰花茶，我都将枯叶
掰去，为你沏上清澈的甜。

不知何时我们变得如此亲密，
我擦洗书页下的木桌，在这本书

与那本书上面，都留有你的体温。

而在厅中小的沙发上，
你躺下来，舒适地等待着，
等我轻抚你的头发。

穿越一条河由北到南，
一种爱意弥漫在渐冷空气中，
温暖了性寒的南方姑娘。

在我们建造的幽静小院中，
在冷霜凝结的青色叶片上，
融化了部分坚硬的屏障。

我开始爱你，在你那我听到回声。
在蓝色的夜晚，空中闪烁着星辰，
就像我看到你时出现的那些。

# 暴雨日

在一个炎热的城市
它偶尔下雨，通常在午后
暗云下，暴雨如毅然赴死的
殉情者在这追逐中感到，
麻麻的疼令我烦躁不已。
一切尚未发生的，都被设想
响亮的雷如斥责，雨水
像无数附和，紫烟格裙
和雪松不太一样，
它是暗沉的蓝，我匆忙
收起阳台的新裙，还是晚了。
当我下楼，却无法离开房子
只能隔着玻璃倾听。

# 空房间

强劲的冷风在房间里吹
无人在这，找不到遥控器
只有一只海绵布偶，
没有生命的，也没有疼痛感，
卑微无迹可寻。
一把绿色尖刀，放在
枕头下，水果，鲜红的桃子，
变得软了像等待掉牙的人，
我一回来，就爬到床上，
右腿伸出，半掉着，
宽松的裤子，像塑胶手套
两支笔从口袋滑出了。

# 夏日广场

一个人在晚餐结束后先走，
绿灯光，夜晚凉爽如风，广场，
孩童在沙石水塘里，四周
有人穿着薄衣，裸露整个后背
有人叫卖泡椒鸭爪，草地上有土
仿佛是湿的，他们的鞋在黑暗中
怎样保持干燥？

我们往稀疏行人的街上继续走
骑小电车的妇人经过，在路边
一些小红花正在绽放，如此明亮
像夏日之光，我们走到陌生路口
在大树下，饭后的我困倦不堪
最后还是坐上了一辆小电车。

# 休息日独自醒来

你们描述里的那种孤独
我又一次感受到了，我挣扎着
艰难醒来，用意念呼叫，像垂死之人
寝室空荡无人，巨大的疲惫
再次席卷了我，像我未见过的海风，
我无法起身，无力——像死过一回。

两个小时里我梦见父母亲，在田地里
母亲鞭打油菜，将颗粒筛选，我知道
我不再拥有那些能力了，不停追问
问她留下来的缘由。当我醒来
隔世感——像做了好多次快乐的事
随后而来的是持久的空白。

## 晚修后

送走最后一个拖拉的
学生——那无人愿接的
都放到我的班上，
我逃脱这唯一的牢笼
夜风中，多少人在那里
我被遥远的数学记忆冲击，

关灯后，短暂歇息，
我躺在床上，看日环食的
照片，他人目睹过的，
我似乎也有现场的欢愉
有的像银色钻戒，有的像弯月。
就像杨桃，从另外的角度看时，
它像五角星。然而，
我依然无法阻止他们哈哈地笑。

有时，我会禁不住椰子水的诱惑，
步行去椰乡，没有车。
当我回来时，一只鼠在路上
与我同行，这些，你会注意到吗？
一只鼠在夜间的路上坦然地走

经过它的，是我。
我不惧怕这活跃的生物
只对它的破坏肮脏感到厌恶，

凉爽的风，吹拂，
在头顶那些细长叶片上
一阵一阵地，吹过夏夜的街道
街边，白日里曾有一只大黄狗
躺着，而现在只有一个铁钵，
隐没在三轮车底下。

# 在世界之中

展开之物被混淆，现成的
衡量并不明晰，一些情绪
现身，闪避它自己，陷入沉沦
以此解释着心生的畏惧。
我们都被猛地一抛
在可能性下隐匿，在镜中
想象出外星生命
青色鞋带是否依然有湿泥？
我的感受非你关注重心
你没有好奇，当贫乏
以一种故事言说出
场景重现，意味着背离，
在何处开展又在何处封闭
在目光所及的世界里，
沮丧在昔日雾气中升起
我单纯的情绪是可怕的东西，
像日常巡视的错觉
是不存在的东西？
——是我需要的，我就自己"制造"

# 雨　天

雨天街道，盛满果蔬的板车
散架，我看不清破坏者
香菜和葱落在地上
路滑得令人心碎

大雨冲刷，加剧它的"青"
随后是，匆忙地收集
不如采摘时的欣喜

我们捡拾并不完好的一束
回到家中，寻找好的买家
将它敞开，接受检查

我的新邻居有宽阔的庭院
他买下香菜，听我描述葱的用途
我将菜篓移到他的暗潮堂屋一侧

——厨房在背后，另一个房间
老人在看一只幼犬，它见到我
如见故人，之后我们

在祠堂门口，木门槛旁
我回头，看到青年头上围着白布
他们在祭拜吗？再回头是
另外的青年，此时已经换上白衣

# 假　象

旧的软质桶底
压住了未知水源
近观，像微型喷泉，父亲
坐在一旁，湖面上
银色反光不是假象
就像枫叶和香樟
"美和真实存在着鸿沟"
鲜花，看起来不像真的
一掐，喷溅出新鲜汁液

# 草 莓

你看过清澈的河沟，
那时突然想舞蹈，就像，
自由的选择，无束缚，
也没有，迷雾，清澈
是一种触感。

且清澈是无数记忆，
是遥不可及，
无法返回又探摸——
你不愿搅浑的一潭，
螺旋状，向下，
碎石块微微移动，
以"善意谎言"般的掩盖。

你来到小棚
露天，细竹条的整个身体
为之弯曲。药剂，塑料袋子
近乎透明。你低头摘下，
一颗，去除叶片，
轻吹一口气，咽下。
满嘴酸甜，密密麻麻的点，

细数过了吗？

每一次咀嚼，像隔着空门
伏在野生菇上面。
在禁忌边缘，深深地呼吸，
偶尔言语，演。
那时你畅意地吞吐，
闭上眼，以咬合代替尖叫，

假装采摘，她们不这样，
河沟就在田边：
清澈，或者缓流。
夏日，你穿红格裙子，
在自然的交谈中，偷吃
草莓，一地都任你挑选。

# 新年快乐

现在是春天，我们去外面采购，
哼歌，你也会收到一朵小红花。
泥泞的路上，走着无数人们，
你会看见，血橙中充沛的汁水，
在客人的品尝中显现颜色。
我相信每一个人，当他们在街上
走动，会慢慢体验到人世的温暖，
简单的交流，抚慰那一阵阵抽疼的
心脏，虚弱的我，也因明亮的
红灯笼瞬间热泪。从一颗蘑菇
修炼成人形。我拥有了流泪的能力
便去享受这体验，新年就像重生。
崭新的日子，每一次我越发清澈
像荷塘中静静的池水，不厌倦
野鸭搅浑，为我带来春天的消息，
刚冒出芽的植物——嫩绿色，
倒映着人们洗菜的身影
勤劳的妇女，她们洗山药，
和洋芋一样，在贵州屯堡，
山药有无数种做法，每一种都
凝结着爱意，我们细心清洗，

带着新年的喜悦，为亲近的
人准备食物，想着远方的爱人
嘴角也露出笑容。从山顶往下，
看屯堡乡村白烟缭绕，
那是小孩在帮助烧柴火——
熏腊肉、香肠、血豆腐
除夕日，蒸糯米做糍粑，
在大铁锅炒辣子鸡
我偏爱植物，盐菜肉底下
盐菜治愈我。母亲通晓那
复杂程序——何时供奉
桌上碗筷的数量和位置。
每一次跪在堂屋中央
听着外面劈里啪啦的声响，
我都祈求有人愿意爱我
多希望可以保持可爱活泼，
即使面对陌生人，也有勇气
说出一句："新年快乐。"

# 雨天纪事

早晨我醒来时，看见地上的雨水
衣服依然湿润，像风中我的眼眶
需要用脸贴近，才知道的干燥度

我在最青春时到桂林，五年多来
从没注意过春天上空，不绝的雨
忘了带雨伞，独自骑哈啰，
它那破皮的坐垫，使我湿得更多。

没有人看见我，落魄，用餐纸隔着
寻找一种受力最小的坐姿，
比起检索栏中的空——这书的消逝
我能有多悲伤？

在我的至暗时刻，去看被雨淋湿的
草木，它在经历一夜的冲刷后，
依然为我展开，我们要向彼此敞开。

# 孤屿之上

## ——致健健


我从南方来，第二次
穿过江水，离得近，
拉开窗，在轮渡边缘
看远景，你在为我写诗
继续观察，人类幼崽的
言语，我暗喜而不惊
这是即将分别的午间
无心吹风——行进带来的风，
没有一种命运，足以概括我们。

手脚冰凉时我贪恋人的体温
告诉他，我看出天空是蓝色，
饮过杜鹃花的酸涩，流泪
无法安静待着，周身是冰
烧灼感，这就是一株野生菇
浅浅的修炼术，你忘了提醒说：
"草尖是坚硬的，"你钻石般的心
同样会割伤我，恋爱就像感冒
没有免疫力可以抵抗，白色婚纱下
阴影，只有我觉察到，我绿色头像

分身标志，在自由人与蘑菇精间切换
如果你发现了这个奥秘，就可以判断
此刻状态，但不准确，疲倦让人敷衍。

去年二月十四日，雾中所见是你，
此刻，我起飞又降落，落在你
蓝紫色鲨鱼图案的毛衣上，
我，是彩色的，有毒，鲜美，
需要耐心，人类探险尝试，
他们急于求成，一棵野生菇，
那么可爱，怎么可以匆忙下咽？
观阅，舔舐，你发现我是狭窄的，
一片荒芜，干涸，漫长的独眠夜，
我反复细数，应该是第十二个——
我的幸运数字。每一次都
忏悔。你的空荡在内心，而我被拓宽，
延展，夜里的光刺眼，你要熄灭。

# 除夕：在地矿新庄


一整个寒假我都在那，寄居
二十五年来第一次离家的除夕，
安宁，没有争吵，幼年时，
父亲为煤矿逃避，牛被鞭炮声
吓慌乱，我在祭祀结束后
跪在神龛前，祈祷会有好生活。
成年后的一次，只有三个人的春节
他们依然不变，吵架似乎成了惯例
我也变得暴戾，餐桌前点燃一支烟。
而现在，周围都是更远血缘的亲人，
客气又生疏，和谐。我坐在炉子前
摸狗头，上面的毛发比身体的更软
百合叶子已经展开，我途经它的生长，
没有参与它的一生。午餐结束后
大家就开始准备晚餐，在这一天
想去买一条鱼，却已经卖完，回来
我只负责洗菜，这样的基础工作。

# 晚　课

一个微风浮动的春日
晚上。早些时候他识别了
迂回的废话，点燃烟草，
周围的空气微微摇晃
我发现他的慧眼，
并在谈及《复活》时
确定他是曾提问我的那个人。

课间，与室友上二楼卫生间
再去绝味鸭脖店，买鸭心
她一边赞叹一边呼气，
辣却想要继续，归来时
女老师讲到海豹童话。跌宕的
音调，像睡前故事，她曾经
视作救赎，她是个好母亲，
创造了新世界。我靠着椅背
看卢卡奇，仍然感到饥饿。

# 隐约的春

这含苞的，粉色樱桃花朵
曾绽放在你的学生时代，掉落。
在我到访时，结上细小的青涩果
此刻，梅花已经凋谢，草坪变得
宽阔。我在操场外骑单车，发呆
享受神秘漫游。墙壁上水珠变小
没防雨服，尽管它有深邃的蓝
不带伞，会再次被淋湿，滑倒
在转弯处。割草机声音消失了
那不是童年时草折断的味道
从前是牛，后来是机器，这个
下午，使草溅出汁液的是我的手
草散发气味，形成一个熟悉氛围

# 异乡者

第七年，依旧没有归属感
这不是我的家，这里没有
酥脆的洋芋粑，心情平静
雨下了大半月，可能还会更久

我的家在大海上，在闪闪的银河
没有什么话想说，只是不停地
剥沙田柚，并赞美它。没有长胖
一直都这样，穿宽松裤子时
被遮蔽的现在显露了出来。

出行是一场渡劫，漫长路途，
我要忍住呕吐，树影
让我眩晕，我变得，如此娇气
犹如豌豆上的女孩，被隐藏的虫子

咬伤，刺痛感，却闻到喜欢的
薄荷味道，从寝室到校医室
我忘了流程，取药时看到年龄
像看长辈的，觉得那不是自己
我已经活了二十五年？多么漫长

在异乡，熟悉的人都远走
没有谁为谁停留，那些记忆
比老地方更清晰，雨水比头发密
每一晚我漫游，静静地观察

专心做一个美梦，试图记下
第二天，看鲜花的枯萎程度
太阳，被射击后躲藏
我制造黄光，抵抗湿气，

桌前如沐浴暖阳。多雨的
春天，将水汽困在衣物里
"太阳才是光明的源头"
呼唤它，莫要再躲藏。

**图书在版编目（ＣＩＰ）数据**

雾中所见 / 王冬著. -- 武汉：长江文艺出版社，
21.9
（第 37 届青春诗会诗丛）
ISBN 978-7-5702-2278-0

Ⅰ. ①雾… Ⅱ. ①王… Ⅲ. ①诗集－中国－当代
. ①I227

中国版本图书馆 CIP 数据核字(2021)第 127025 号

·中所见
U ZHONG SUO JIAN

───────────────────────────────

·约编辑：寇硕恒

·任编辑：王成晨　　　　　　　　　责任校对：毛　娟

·面设计：璞　闻　　　　　　　　　责任印制：邱　莉　　王光兴

───────────────────────────────

·版：长江出版传媒 ｜ 长江文艺出版社

·址：武汉市雄楚大街 268 号　　　　邮编：430070

·行：长江文艺出版社

tp://www.cjlap.com

·刷：中印南方印刷有限公司

───────────────────────────────

·本：850 毫米×1168 毫米　　1/32　　印张：5.25　　插页：4 页

·次：2021 年 9 月第 1 版　　　　　2021 年 9 月第 1 次印刷

·数：2576 行

───────────────────────────────

定价：46.00 元

───────────────────────────────